气象文化丛书

XIAOJISHUHUAI

小记抒怀（三）

谢璞

气象出版社
China Meteorological Press

图书在版编目（CIP）数据

小记抒怀. 三 / 谢璞著. -- 北京 ： 气象出版社，
2018.2

ISBN 978-7-5029-6733-8

Ⅰ. ①小… Ⅱ. ①谢… Ⅲ. ①诗词—作品集—中国—
当代 Ⅳ. ①I217.2

中国版本图书馆CIP数据核字（2018）第034257号

Xiaoji Shuhuai（san）
小记抒怀（三）
谢璞 著

出版发行： 气象出版社
地　　址： 北京市海淀区中关村南大街46号　**邮政编码：** 100081
电　　话： 010-68407112（总编室）010-68408042（发行部）
网　　址： http://www.qxcbs.com　**E-mail:** qxcbs@cma.gov.cn
责任编辑： 吴晓鹏　杨辉　**终　　审：** 张　斌
责任校对： 王丽梅　**责任技编：** 赵相宁
封面设计： 楠竹文化
印　　刷： 北京地大天成印务有限公司
开　　本： 889mm×1194mm　1/32　**印　　张：** 5.25
字　　数： 150千字
版　　次： 2018年2月第1版　**印　　次：** 2018年2月第1次印刷
定　　价： 58.00元

序

时光飞逝，春、夏、秋季诸事依然在目，已是冬冷之时丁酉年末。年内除坐室于京城寻常忙碌外，不少时间出差于外埠，遍及天南地北、高山海岛、边疆腹地。虽均以小地方为多，但不乏人文故事、各色风情、历史掌故、自然风光；又两个月学府培训，园中楼台水榭，墙外皇家园林，漫步之处，八方皆景，自当感悟自然。不时同学畅叙，递进友谊，亦是情趣万分。

有了诗境，动了诗心，累积数篇小令编成一册。较之前两册，力求词意精准，更注重诗词格律工整，但犹记学古人诗，宜求其意义，勿猎其浮词，徒作门面语。平淡生活中添点诗意，多了些许色彩。

作者

目　录

序

主篇

003 北大荒路上　卜算子
004 同江　五绝
005 东隅小镇　七绝
006 参观八岔赫哲村　鹧鸪天
007 将登泰山　虞美人
008 泰山　忆秦娥
009 暑热　七绝
010 无题　五绝
011 离京赴黔　七绝
012 黔南山间高速路上　浣溪沙
013 布依族女子“炮兵”班　七绝
014 最大射电望远镜　清平乐
015 若尔盖旅者　五律

016 红原 西江月
017 西藏三地行
020 记中国女排里约奥运夺冠 浪淘沙
021 G20峰会三首 忆江南
023 秦岭 采桑子
024 汉中茶园 七绝
025 腊子口 菩萨蛮
026 甘南夏河 七律
027 秋天一定要住北平 鹧鸪天
028 十六字令三首
030 中秋夜 七绝
031 早行 七绝
032 随笔四首于九月青海
034 坝上秋光 忆秦娥
035 乌兰布统之晨 清平乐
036 参观主席韶山故居 七律
037 湘西高速 七绝
038 赠同事（一） 七绝
039 赠同事（二） 七绝
040 深秋小聚 卜算子
041 题晚秋 七绝
042 遥看鼓浪屿 七律

043 风 五绝
044 清晨 鹧鸪天
045 凉山州昭觉山路 清平乐
046 邛海 七绝
047 风云四号卫星发射记 忆秦娥
048 暮至南澳岛 采桑子
049 南澳 七绝
050 随感于腊八和小寒 南乡子
051 应好友新作 七绝
052 会间赴吴江气象局 浣溪沙
053 同事年前聚会 清平乐
054 观全球华人春节音乐会盛典
056 除夕北京 醉花阴
057 冬日漫游香山植物园 七律
058 冷 七绝
059 元宵节前日应邀 七绝
060 元夕于颐和园西堤 浣溪沙
061 元宵夜 七绝
062 无题 五绝
063 在青岛 卜算子
064 黄岛小码头 五绝
065 将进川 七绝

066　再赴雅安　菩萨蛮
067　初春于峨眉金顶　鹧鸪天
068　春之南阳　浣溪沙
069　南阳武侯祠　卜算子
070　夜闲襄阳古城外　清平乐
071　京春　七绝
072　早春　七绝
073　康定一夜　采桑子
074　烟雨江南时二首　忆江南
076　京城春雨　忆江南
077　清晨福州西湖　七绝
078　西湖岸外早　如梦令
079　西湖夜　七绝
080　清明　采桑子
081　初登鹳雀楼　卜算子
082　住江西前湖　七绝
083　长江　水调歌头
085　白洋淀暮春二首　忆江南
086　玉渊潭　七绝
087　登华山　忆秦娥
088　华山气象　如梦令
089　五月五　鹧鸪天

090 准噶尔盆地边道 七绝
091 新疆西部 西江月
092 十六字令三首
094 喀尔坎特草原 采桑子
095 题马头琴 浪淘沙
096 大连城 七绝
097 丹东鸭绿江畔 鹧鸪天
098 观“复兴之路”展 清平乐
099 普洱 七绝
100 寄宿景迈山中 如梦令
101 景迈茶园 采桑子
102 版纳夜叙 七绝
103 海南州高原旱景 忆秦娥
104 记忆玉树结古镇 七律
105 黄河源 七律
106 赴呼伦贝尔草原 浣溪沙
107 越过兴安岭 菩萨蛮
108 扎兰屯 七绝
109 盛夏阿尔山 七律
110 初进河西走廊 七绝
111 张掖丹霞 浣溪沙
112 嘉峪关 清平乐

113 无题 五律
114 三沙（初登永兴岛） 南乡子
115 小住永兴岛（一） 七绝
116 小住永兴岛（二） 七绝
117 三沙 七律
118 五指山中 卜算子
119 晨于荟茗园 七绝
120 西堤晚影 采桑子
121 读《习近平的七年知青岁月》 七绝
122 初秋早观 七绝
123 在党校 如梦令
124 鸟啼掠燕湖 醉花阴
125 闲聚 清平乐
126 校园红船展 浣溪沙
127 园中秋雨 采桑子
128 重阳前日 鹧鸪天
129 党性修养要则 七绝
130 路旁 七绝
131 执笔人 七绝
132 同学二首 忆江南
133 徒步艰登嵩山气象站 鹧鸪天
134 嵩阳书院 菩萨蛮

135 借英华《渔歌子》 鹧鸪天
136 咸宁 渔歌子
137 咸宁金沙大气本底站 渔歌子
138 郑州途中 七绝
139 桥牌 卜算子
140 再聚首 卜算子
141 冬叙 采桑子
142 冬至 江城子

副篇

145 张新营诗
146 陈振林诗
147 梁丰词
149 王玉彬诗
150 屈程媚诗
151 王建捷诗
152 王志华诗
153 李慧诗
154 李英华词
155 王彬文诗

主　篇

卜算子

北大荒路上

2016.6.14

远望北粮仓，
时令才播种。
如镜畦间翠稻齐，
遥想秋黄涌。

转眼乱云低，
骤雨随风动。
洗过平川日下新，
黑土油香重。

五绝

同江*

2016.6.14

一望大江开，
黑黄两水来。
俄风吹北岸，
落日共抒怀。

* 大江北岸为俄罗斯

七绝

东隅小镇*

2016.6.15

边陲早旭最东方，
未尽西风偶乍凉。
江上孤帆舱室满，
岸头小镇卖鱼忙。

* 小住东北小镇同江

鹧鸪天

参观八岔赫哲村*

2016.6.15

月末北疆始渐荫，
初识八岔已然亲。
炊烟笼上青蓝瓦，
歌舞眷于赫哲人。

黑土地，本族民，
习总跋涉入新村。
往昔不尽家国事，
问罢寒凉共看今。

* 习总书记五月下旬视察过八岔赫哲村

虞美人

将登泰山

2016.6.21

群山踏遍独缺岱，
此岳心中在。
忽觉近日案头空，
当断轻装趁早赏其峰。

圣人登顶小天下，
多少君移驾。
平川孤傲始觉巅，
更有人文渲色诩神山。

忆秦娥

泰山

2016.6.22

岩岩顶，
雾环峰谷笼烟影。
笼烟影，
丹崖玉宇，若临仙境。

天人合契生奇景，
独尊五岳风骚领。
风骚领，
文渊厚重，紫光斜映。

七绝

暑热

2016.7.13

高照无斜炎日影，
浅塘平望霭升腾。
园空风静生灵懒，
唯剩雄蝉杈上鸣。

五绝

无题

2016.7.27

夕岚残雨后，
暮霭老窗前。
别样层出彩，
无华取自然。

七绝

离京赴黔

2016.8.3

难挡夏炎重漫至，
心欢正好赴凉都。
长别数载风情地，
把酒当聊几梦初。

浣溪沙

黔南山间高速路上*

2016.8.4

天坠云低恰雾岚，
白屋偶见草坡间。
山间满翠耐人看。

东去清溪千百转，
西来阔路几十弯。
万峰一跨荡黔南。

* 阔路——贵州高标准高速路

七绝

布依族女子“炮兵”班*

2017.8.4

呼风唤雨任谁停，
纵有阴云火炮鸣。
炮站女兵皆飒爽，
布衣曲调尽风情。

* 气象人影作业女子班

清平乐

最大射电望远镜*

2016.8.5

人间天眼，
寻探何其远。
山坳银锅苍穹揽，
万类平塘齐叹。

恰雨霏落泥泞，
疾步小道环行。
难阻登高下望，
一番别样激情。

* 天眼——射电望远镜

五律

若尔盖旅者

2016.8.9

闻名若尔盖，
草甸自生香。
天地蓝白绿，
山花赤紫黄。
高原长道窄，
轿乘小轮忙。
五色经幡展，
游人兴正狂。

西江月

红原*

2016.8.10

翠绿绵延满眼，
云白低坠天蓝。
苍鹰随处几盘旋，
不败小花草甸。

往事忽然浮现，
凄凄撩动心弦。
红军跋涉过荒原，
独具史诗浪漫。

* 周恩来题红军长征走过的大草原

西藏三地行*

2016.8.14

神圣西藏，壮丽高原；
世人向往，梦幻奇缘；
八月美季，再踏山巅；
林芝旖旎，藏地江南；
雅江浪滚，不尽其欢；
墨翠林海，一望无边；
鲁朗小镇，精嵌山间；
石锅鸡菌，众醉于鲜；
藏北阿里，秘境荒原；
顿失草绿，满眼苍岩；

* 班公——班公湖

神山鸟瞰，覆雪云缠；
班公水静，深透生蓝；
青石岩画，史迹渊源；
首府拉萨，日光名传；
红白宫殿，超绝非凡；
大昭佛寺，文宗意禅；
暮色悄染，灯火骤然；
拉萨河畔，盛世新颜；
酥油茶郁，糌粑指间；
牛羊水煮，渍溅衣衫；

情歌天籁，弦子翩翩；
宗教习礼，僧俗转山；
独特记忆，五色经幡；
世间高脊，居上心宽；
空灵净地，纯性平添；
白云低坠，惟衬蓝天。

浪淘沙

记中国女排里约奥运夺冠

2016.8.21

场内战犹酣，
场外声喧。
臂击千坠彩球旋。
舞劲桑巴红帜展，
英气翩跹。

奥运梦魂牵，
逐鹿迭番。
泪噙汗洒望高巅。
侠女今朝得胜手，
完胜齐欢。

忆江南

G20峰会三首*

2016.9.2

山湖美，
西子望峰柔。
烟雨八方拂月夜，
古今十景荡心头。
最忆是杭州。

清灵地，
龙井占头筹。
西湖醋鱼东坡肉，
越吴绢扇河坊绸。
醉意在杭州。

* G20峰会于杭州召开

峰头聚，
开启万家谋。
江水依依惟桥系，
传说娓娓尽缘由。
回首共杭州。

采桑子

秦岭*

2016.9.4

云横秦岭巴山雨，
蜀道行难。
旧日蓝关，
隧道而今跃上巅。

北南横断难同季，
始自天然。
太白神仙，
眼下游人尽放欢。

* 太白——秦岭顶峰太白山

七绝

汉中茶园*

2016.9.5

登高回首夕阳照，
万顷茶园翠万梯。
午子仙毫叠暖雾，
芽头浸润正香时。

* 午子仙毫——当地名茶

菩萨蛮

腊子口

2016.9.7

甘南迭部青崖断，
湍流石滚飞花乱。
山远渐云稀，
谷低风更急。

天然腊子口，
我辈今重走。
故事总传奇，
来人志不移。

七律

甘南夏河*

2016.9.9

藏地高原北走廊，
正值秋色夏河旁。
驻足坪甸着青毯，
举目石崖裹赭裳。
山坳林间生古寺，
酥油灯影映佛墙。
晨钟破晓惊飞鸟，
已是梵音满庙堂。

* 甘南拉卜楞寺

鹧鸪天

秋天一定要住北平

2016.9.10

老舍曾言秋北平，
文词流淌润秋情。
山蓝天碧溪流缓，
果脆瓜熟蜜液盈。

凉爽至，燥烦停，
层林色重鸟争鸣。
云霞每晚红妆客，
笑请庭中不远行。

十六字令三首*

2016.9.12

秋，
慢步微寒暑渐休。
蝉鸣退，
都内好行游。

秋，
天透山蓝始忘忧。
西山近，
自在晚霞悠。

* 北京之秋

秋，
满绿独芳已害羞。
层林染，
落叶乘溪流。

七绝

中秋夜*

2016.9.15

举目云间寻满月，
月圆云后偷瞄夜。
秋夕月夜起相思，
佳日愁心全化阕。

* 阕——词阕

七绝

早行*

2016.9.25

朝辞都府雨沾衣，
水洗霓虹更幻迷。
不见平时人往复，
倚窗听雨落声凄。

* 窗——车窗

随笔四首于九月青海*

2016.9.27

（一）

转身青海，步入高原。
荒芜略显，黄土红山。
渐稀繁叶，秋光提前。
高阳直挂，气透穹蓝。

（二）

栖息墅地，别有洞天。
幽静小院，好似江南。
庭中枝绿，四溢芳兰。
红几茶器，雅趣悠然。

* 冰冻——冰冻牛肉

（三）

西北风味，独特街边。
牦牛酱卤，食客垂涎。
手抓冰冻，何觅此鲜。
青稞美酒，浅酌即欢。

（四）

青海气象，特色为先。
齐心协力，集思开源。
乘势提步，不惧其艰。
现代事业，自有新颜。

忆秦娥

坝上秋光

2016.9.28

塞罕坝，
秋光如笔染成画。
染成画，
山林色重，日斜之下。

草黄万顷闲情马，
平湖静谧鸿鹄踏。
鸿鹄踏，
水涟重绘，美哉一刹。

清平乐

乌兰布统之晨

2016.9.29

穿越坝上，
朝日登高望。
木兰秋狝凭谁让，
角鼓依稀回荡。

远上浅草凝霜，
近下白桦叶黄。
未见薄纱凹处，
晨风阵阵秋凉。

七律

参观主席韶山故居*

2016.10.9

身于山坳满冲青，
临水恰难心绪平。
韶乐他时仙凤舞，
山田今日雉鸡鸣。
怀仁天下贫民苦，
念旧沧桑风雨情。
主道浑然诗刻嵌，
席卷大地遍英名。

* 藏头诗
* 韶乐——韶山因舜帝奏《韶乐》得名
* 冲——坝子

七绝

湘西高速

2016.10.10

湘西腹地万千山，
隧道三十转瞬穿。
霭罩层林初待染，
即来色重好时间。

七绝

赠同事（一）

2016.10.12

沱水潺潺夜岸明，
无端偶遇亦深情。
浅酌不计时光逝，
烟雨凤凰一古城。

七绝

赠同事（二）*

2016.10.12

灯火阑珊夜凤凰，
擎杯微醉已心狂。
难成偶遇春情在，
再梦古城亦不妨。

* 为改同事诗句而作

卜算子

深秋小聚*

2016.10.31

飘叶又秋深，
最喜枫林晚。
落日朝霞此季独，
无奈天光短。

色重恰情浓，
将饮心头暖。
蝶恋花厅蜡泪红，
醉看花容展。

* 聚餐于蝶恋花厅

七绝

题晚秋*

2016.11.2

西峰塔下秋光尽，
阵阵金风剪叶疏。
不退残云夕照弱，
塘深只见碎荷枯。

* 西峰塔——玉泉山塔

七律

遥看鼓浪屿

2016.11.10

浪冲响鼓久成名，
白鹭低旋偶见停。
秋尽冬来新润色，
岩青水绿待苍晴。
名楼雅墅谁家住，
短巷狭街旅者行。
近海横隔实未弃，
屿台无处不琴声。

五绝

风

2016.11.14

一夜疾驰过，
枝头几片留。
忽别前日雾，
顿去奈何愁。

鹧鸪天

清晨

2016.12.4

渐去晚风不再狂，
今朝变换好晨光。
驻车恰免忧心堵，
徒步方能畅意凉。

灰便道，小作坊，
油条煎饼蛋花香。
隔园小榭翩歌舞，
都市别风韵味藏。

清平乐

凉山州昭觉山路

2016.12.8

穿越雾霭，
放步凉山脉。
偶见林间彝族寨，
乡土风情格外。

新筑弯道千盘，
红土坡背雪残。
不晓夕阳山下，
顿时四面生寒。

七绝

邛海

2016.12.10

万绿时节已是冬，
一城山色半湖拥。
正逢邛海烟波晚，
朝日倚栏听晓风。

忆秦娥

风云四号卫星发射记

2016.12.11

风云四，
夜阑长啸新出世。
新出世，
婀娜飞去，凤眸桑地。

精英寂寞捐国技，
平添吾辈凌云志。
凌云志，
倚得利器，探询天日。

采桑子

暮至南澳岛

2016.12.26

余晖还照南天海，
半壁红霞。
细网横拉，
满载小舟起浪花。

黄岩翠抱长湾静，
水鸟啄沙。
海上渔家，
柴灶独鲜煮对虾。

七绝

南澳

2016.12.27

一夜岩礁戏海狂，
千舟逐浪沐晨光。
沙湾暮至忽然静，
客到炊烟半掩房。

南乡子

随感于腊八和小寒*

2017.1.10

腊八会小寒，
巧遇双节道寒暄。
薄幔覆州常弄影，
绵绵，
正冷朦胧一色天。

远望对窗难，
怎晓匆匆又一年。
难却芜杂堪胜手？
悠然，
冬尽春生几度闲。

* 薄幔——雾霭纱状

七绝

应好友新作*

2017.1.11

梦醒屏新小令篇，
心随意到是佳言。
欣然凭借《南乡子》，
总有伤愁每一年。

* 好友作《南乡子》一词

浣溪沙

会间赴吴江气象局

2017.1.12

冬末贤集聚夏阳，
朝辞沪上向吴江。
画看墨淡美鱼乡。

旧日古城濛细雨，
新时测站巧亭廊。
盛今吴越又张狂。

清平乐

同事年前聚会

2017.1.24

朗夜聚会，
擎酒同君醉。
犹忆此前开颜泪，
谁晓纷繁几岁。

匆匆逝水流长，
隐隐灿烂忧伤。
纵是淡稀青涩，
无时不溢春光。

观全球华人春节音乐会盛典*

2017.1.26

国家大剧院，
坐嵌长街旁。
缓缓垂夜幕，
圆穹透荧光。
殿堂飘圣曲，
乐池溢华章。
琵琶珍珠落，
提琴弦上狂。
银笛宛泉涌，
风琴自悠扬。
律动闻号鼓，
绝色器中王。

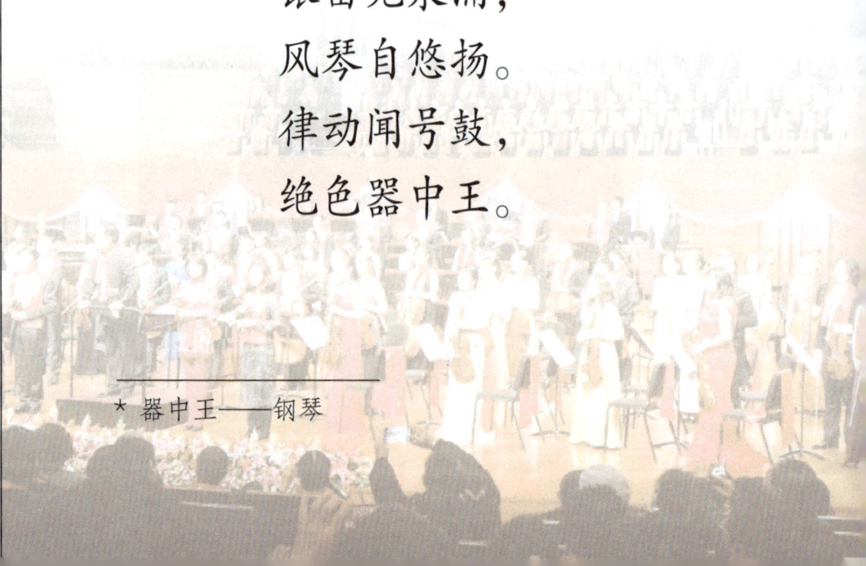

* 器中王——钢琴

夜莺孤啼远，
洪钟音绕梁。
和声天籁寂，
执棒定中央。
华人国际范，
俊俏青少强。
交响此盛宴，
佳节更吉祥。

醉花阴

除夕北京*

2017.1.27

炮仗声浓催旧夜，
漫宇花不灭。
唯美望京城，
短巷长街，
五彩灯摇曳。

微风潜入天清冽，
应景需吹雪。
万户挑新桃，
道福余音，
都与情依切。

* 旧夜——除夕夜

七律

冬日漫游香山植物园

2017.1.31

冰封溪断草枯寒，
曾几樱桃洒满园。
斜照冬阳长地影，
平悬木栈半山间。
风轻幽尽惟曲径，
叶落高擎只水杉。
树上翻飞鸣喜鹊，
踏石仰首放天蓝。

七绝

冷

2017.2.9

昨夜朔风寒气杀，
碧潭早固起冰花。
园中已是少来客，
池岸柳枯正映霞。

七绝

元宵节前日应邀*

2017.2.10

窗外疾风恰月明，
持约即赴陋屋盈。
行歌欲饮元宵夜，
灯影花前互道情。

* 陋屋——会议室

浣溪沙

元夕于颐和园西堤

2017.2.11

料峭枝疏已越冬，
春风划过正冰融。
佳节闲步颐园中。

堤外残阳浓血色，
廊间灯画透玲珑。
渐闻十五爆声隆。

七绝

元宵夜

2017.2.11

元夕暮至花灯挑，
十五月升焰火腾。
煮下元宵锅涨满，
忽然室暖小窗朦。

五绝

无题*

2017.2.14

拈花一束新，
恍醉自芳馨。
正是怀春意，
忽失往日矜。

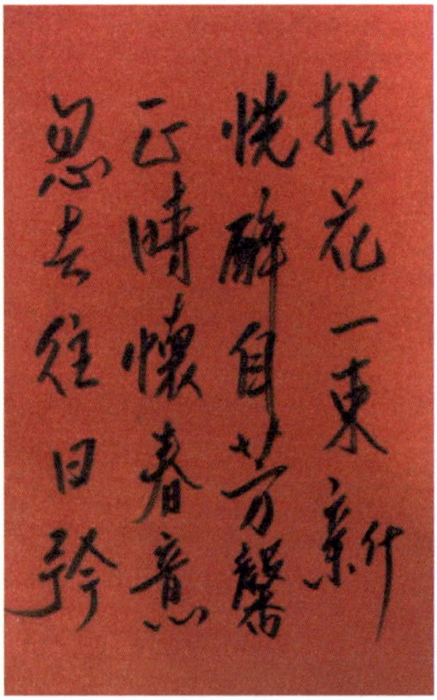

* 便签

卜算子

在青岛

2017.2.15

红瓦绿丛中，
移步登山顶。
八载重回故地游，
犹叹得天景。

夜寂未人稀，
月洒滩头影。
漫饮轻歌卧向窗，
才梦波敲醒。

五绝

黄岛小码头

2017.2.16

云霾满处灰，
海气裹寒微。
浅浪渔舟卧，
平滩海鸟飞。

七绝

将进川*

2017.2.22

夜幕低垂赴锦城，
雅安三雅盛其名。
正逢坝上花油菜，
但愿不虚有此行。

* 三雅——雅雨、雅鱼、雅女

菩萨蛮

再赴雅安*

2017.2.23

清晨即起游川蜀，
未期寒雪飞飘阻。
行旅恰疯癫，
全应蜀道难。

雅安三盛雅，
天漏为一甲。
夜雨落州中，
晨杉满雾凇。

* 疯癫——旅程一天变化多次

鹧鸪天

初春于峨眉金顶*

2017.2.24

千尺沟崖云雾横，
居高无物不冰封。
徐盘金赤峨眉顶，
揽尽银白锦绣峰。

平地雪，半山青，
层叠一脉见春冬。
素阁枝挂成精巧，
天下风光谁与争。

* 枝挂——小树挂

浣溪沙

春之南阳*

2017.3.7

淮水源头依旧凉，
麦田深处菜花黄。
一朝春色沁南襄。

两汉会都君帝始，
三国草舍智贤扬。
桑田亘古尽华章。

* 南襄——南襄盆地

卜算子

南阳武侯祠

2017.3.8

诸葛草茅庐，
十载躬耕地。
一对隆中卧龙吟，
天下三分计。

幄后设奇谋，
持扇担忠义。
两表出师蜀相心，
谁为英魂泣。

清平乐

夜闲襄阳古城外

2017.3.8

襄阳城外，
疾步长堤迈。
夜下汉江穿彩带，
主客人人自在。

回首光炫方城，
放飞诸葛红灯。
忽作几多愿许，
别是一种心情。

七绝

京春

2017.3.10

公干中原已到家，
沿街杨树正生花。
京城春至须臾暖，
何不闲茶剪柳芽。

七绝

早春

2017.3.11

天光正朗暮夕迟，
塘堰冰消硬土湿。
乍绽孤枝争艳处，
微黄细柳待青时。

采桑子

康定一夜*

2017.3.16

天边渐暗初霓闪，
山剪云层。
细步闲行，
晚雨轻风已酿情。

情歌康定谁无唱，
宛若凰鸣。
琼液高擎，
醉意溜溜不夜城。

* 《耳畔中国》节目中，一曲《康定情歌》引出在康定的记忆

忆江南

烟雨江南时二首*

2017.3.22

春时至，
江水罩轻纱。
烟雨扬城香满处，
子规梦境泪成花。
淡雅小人家。

* 观江南优雅画片

楼台巧，
青道古街长。
几板吟成昆曲韵，
一挥书就便笺香。
醉意小城光。

忆江南

京城春雨

2017.3.23

京城早，
花伞彩交织。
细雨还凉春好味，
柳枝正绿雨烟时。
谁不为春痴。

七绝

清晨福州西湖

2017.3.31

层云低坠杳晨霞，
疏雨斜飘打面频。
俏步福州西子畔，
人前碧翠替烟花。

如梦令

西湖岸外早

2017.4.1

日上化成薄雾，
滴露泛青石路。
溪浅映桃红，
樱树海棠千簇。
仙处，
仙处，
谁不蓦然停步。

七绝

西湖夜

2017.4.2

西湖如镜月光迷，
千簇桃红百簇梨。
渐近琵琶声入夜，
茶姑慢步水涟漪。

采桑子

清明

2017.4.4

河欢柳摆随风绿，
若隐楼亭。
闻鹊拂青，
满眼全然百卉盈。

一年又到春时醉，
惆怅听凭。
诗韵思情，
自有风清日月明。

卜算子

初登鹳雀楼*

2017.4.12

两盛蒲州城，
春意轻拂面。
趋步拍击雀应声，
日落楼郭淡。

登踏鹳雀楼，
俯视黄河岸。
自古名诗胜迹扬，
犹记王之涣。

* 两盛——唐代和明代是两个昌盛时期

七绝

住江西前湖

2017.4.14

帷幕方白间鸟鸣，
前湖仍寂半天虹。
园林浸过春装换，
抱艳还羞浅雾中。

水调歌头

长江*

2017.4.16

信步汉滩岸，
江上起新帆。
溯流千里遥望，
唐古拉雪山。
浩浩寒波齐汇，
滚滚东奔不尽，
且化海天间。
浸淌润疆土，
溅沫越崖关。

* 步汉口又观长江文明馆感

远古迹，
桑梓地，
问根源。
神州独具，
虽有悲怆尽悠然。
巴蜀楚荆吴越，
多少沧桑记忆，
光耀正绵绵。
横纵一江水，
今日又诗篇。

忆江南

白洋淀暮春二首

2017.4.19

白洋淀，
风过水涟漪。
昨日残枯黄苇矮，
今时待长绿禾稀。
芦茂有来期。

白洋淀，
禾草野鸭栖。
淀上常期夕日缓，
渔翁快橹小舟急。
如画淡之极。

七绝

玉渊潭*

2017.4.30

水岸还疏纤柳枝，
儿时已为此湖痴。
随风摆桨霞波上，
疑是渔舟唱晚时。

* 儿时常嬉于玉渊潭

忆秦娥

登华山

2017.5.10

西峰险，
登高别样夕阳晚。
夕阳晚，
暮岚红罩，万岩凸显。

天成斧破群崖堑，
雄侠书卷凭谁剑。
凭谁剑，
峻极之处，世人遂愿。

如梦令

华山气象

2017.5.10

五岭西峰独险，
高矗观天台站。
淡漠予虚名，
问断雾风奇幻。
谁赞，
谁赞，
怀志寂寥无憾。

鹧鸪天

五月五*

2017.5.30

密布白杨绿柳长，
清心仲夏又端阳。
遥知溅沫龙舟渡，
似有轻飘艾草香。

屈子怨，草民肠，
长歌浪漫韵兮藏。
钗符艾虎雄黄酒，
千载民俗祈瑞祥。

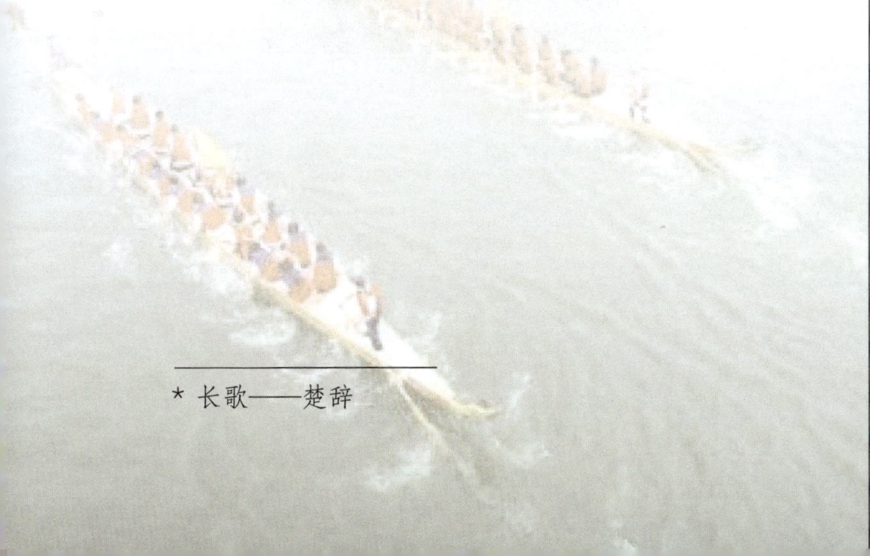

* 长歌——楚辞

七绝

准噶尔盆地边道

2017.6.5

风杀百里荒戈壁，
偶见丘坡散绿枝。
古道西征谁拭泪，
从来大漠酿悲诗。

西江月

新疆西部

2017.6.6

戈壁长滩孤寞，
草原满甸丰繁。
西边落日醉西边，
景致身临方叹。

旧日风情异域，
今朝魅力河山。
天生歌舞总翩翩，
宛若新风拂面。

十六字令三首*

2017.6.7

风，
漠上游沙近地朦。
飞黄起，
犹见远山横。

风，
狂漫兮兮载大鹏。
平双翅，
孤鸟自冲腾。

* 山口——阿拉山口

风，
山口流急暖意生。
白杨细，
催绿染新城。

采桑子

喀尔坎特草原*

2017.6.7

纯鲜草色青绒毯，
滚动云霄。
汗血天骄，
牧曲长嘶别样娆。

余晖淡去昭苏晚，
月映天高。
绿甸银包，
才见炊烟帐外飘。

* 汗血——汗血宝马
* 银包——白色蒙古包

浪淘沙

题马头琴

2017.6.18

长尾系弓弦，
白马琴缘。
苍穹幻曲尽浑然。
最适牧歌长调缓，
蒙古风传。

狂骤卷高原，
万马齐欢。
忽来静谧掩青山。
悠怆长鸣天地远，
撩动人寰。

七绝

大连城*

2017.6.20

暮至正逢云起处，
城郭淡抹最相宜。
坐拥两海观风雾，
北领风骚谁不提。

* 两海——渤海、黄海

鹧鸪天

丹东鸭绿江畔*

2017.6.22

夏至横流带水凉，
岸头一锦一疏荒。
断桥残柱犹存恨，
缓水宽波渐逝伤。

朦暗夜，淡浊光，
平炉炭热烤鱼香。
微风耳语朝族女，
漫饮遥观话近邦。

* 断桥——美军所炸之桥遗迹

清平乐

观“复兴之路”展

2017.6.29

长路漫漫，
总与风云变。
指点英豪长画卷，
已是清眸泪溅。

往往多难兴邦，
不乏志士图强。
谁解沧桑正道，
自信圆梦辉煌。

七绝

普洱*

2017.7.11

未临洱海眺山苍，
怯顾风情古丽江。
独憩思茅闻普洱，
共围厚案润汤香。

* 厚案——茶案

如梦令

寄宿景迈山中*

2017.7.13

遍绿茶山生雾，
云暗犹催夕暮。
小寨漫莺歌，
布朗哈尼拉祜。
随处，
随处，
景迈瓦叠园墅。

* 瓦叠——拉祜族住房屋顶

采桑子

景迈茶园*

2017.7.14

几番细雨平添绿，
老树新尖。
景迈茶山，
云碎缠峰恍若仙。

南来嫁女七公主，
布朗流传。
当下茗园，
快意茶农旅者闲。

* 老树——古茶树
* 布朗——布朗族

七绝

版纳夜叙

2017.7.15

澜沧缓渡岸阑珊，
夜雨悄听不再眠。
恰暖椰风轻拭面，
婆娑傣女笑家还。

忆秦娥

海南州高原旱景

2017.7.20

高原地，
云低六月荒山屹。
荒山屹，
草青疏浅，正悬残日。

青杨无力干河泣，
盘旋少趣雏鹰去。
雏鹰去，
苍茫在目，恰生凉意。

七律

记忆玉树结古镇

2017.7.22

旧郡新颜结古镇，
唐蕃古道贾商忙。
清流卡曲晨欢悦，
绿甸城郭夜未央。
舞乐锅庄凸靓女，
康巴赛马比雄郎。
天蓝正值登高望，
不舍多情梦藏乡。

七律

黄河源

2017.7.23

巡河远上问宗源，
巴颜喀拉冻雪寒。
旷野云穹滋芥草，
苍山腹地润清泉。
涓涓细流千滴汇，
滚滚长河九曲弯。
自古都吟天上水，
潮头涨落尽悲欢。

浣溪沙

赴呼伦贝尔草原

2017.8.1

梦幻呼盟大草原，
无垠草场近天间。
毡房散落在河边。

湾谷丘坡彰夏旱，
干风矮草惹人怜。
无端猜忌盛名传。

菩萨蛮

越过兴安岭

2017.8.2

兴安岭上低云布，
横穿万绿绵延路。
岚霭漫峰头，
忽来细雨柔。

坪间收麦晚，
油菜花才现。
东岭卧肥羊，
花牛舔草忙。

七绝

扎兰屯

2017.8.3

人言内蒙几销魂，
始悟为何扎兰屯。
寂寞文人桥索侧，
再多风景不思寻。

七律

盛夏阿尔山

2017.8.4

浆岩满眼绿中行，
细雨忽来又做停。
玫瑰峰叠红砬子，
杜鹃湖堰翠浮萍。
斜阳草场呈骄韵，
带水柳兰恰媚凝。
碧玉坑池天造物，
丽人白桦更夺睛。

七绝

初进河西走廊

2017.8.16

祁连山下走河西，
褐土黑云天渐低。
破断长墙边塞泪，
苍凉心上竟无诗。

浣溪沙

张掖丹霞

2017.8.17

大漠荒滩半壁沙，
忽生重彩覆丹霞。
来人误认是涂鸦。

揽下新疆斑斓色，
集中粤北峻雄华。
逐一塞上唯此佳。

清平乐

嘉峪关

2017.8.18

夕阳正映，
嘉峪雄关影。
独帜黄旌犹号令，
顿起狼烟意境。

已是万里西端，
不尽岁月绵延。
大漠长河依旧，
孤烟落日悲欢。

五律

无题

2017.8.27

才临正北方，
又瞭阔南疆。
牧草香犹在，
游鱼悦近旁。
天穹皆湛碧，
地貌不同光。
开启天然卷，
书香破几张。

南乡子

三沙（初登永兴岛）

2017.8.28

水暖抚岩崖，
最美平观正晚霞。
嵌海明珠应自傲，
西沙，
泛卷蓝波浪上花。

翠润美人芭，
难觅新词为尔夸。
旧日渔光全匿迹，
三沙，
我恰征尘客到家。

七绝

小住永兴岛（一）

2017.8.28

碧岛环波浪打石，
斜阳树影万条直。
椰风晚送生凉意，
望海听涛惬意时。

七绝

小住永兴岛（二）

2017.8.29

天边渐亮映薄云，
战士出操破寂晨。
迷彩穿梭应是景，
疆防小岛铸军魂。

七律

三沙*

2017.8.29

富丽南疆秀色间，
云飞浪卷戏礁岩。
三沙海碧宜长望，
七屿沙白妙俯看。
百载椰林随意摆，
千只海鸟畅翱欢。
夜半航灯星做伴，
潮声渐近响南关。

* 七屿——七连屿

卜算子

五指山中*

2017.8.30

雨过待初晴，
作响千叠瀑。
捧饮清溪昌化源，
五指山深谷。

热带雨丛林，
快步孤山路。
万种繁枝不见天，
水满乡何处？

* 水满乡——五指山市一个乡镇

七绝

晨于荟茗园

2017.9.7

绦柳随风少女裙，
楼台映日画梁新。
群欢锦鲤秋池碧，
渐腴天鹅典雅巡。

采桑子

西堤晚影

2017.9.11

西堤翠鸟嫌人少，
柳缀池边。
木舸流连，
舷下波漪涌上沿。

香莲忍别浮萍去，
还绿塘前。
翘苇金栅，
谁信初秋落日残。

七绝

读《习近平的七年知青岁月》

2017.9.12

百姓相邻自鉴师，
头悬锥刺以求知。
家国情愫延川注，
构定心图待可施。

七绝

初秋早观

2017.9.15

昨夜悄声冷雨稀，
斜阳将洒露台湿。
松间独坐闻啼鸟，
小径曲长散落枝。

如梦令

在党校

2017.9.16

党校秋光如故，
碧水楼亭花露。
室内解疑存，
户外慎思闲步。
参悟，
参悟，
求是必当长路。

醉花阴

鸟啼掠燕湖

2017.9.19

寂静园中天破晓，
一抹秋霞少。
画舫正悠闲，
燕去湖平，
更是烟波渺。

松间小径无人扰，
独坐闻啼鸟。
近绿远山葱，
叶透晨光，
自在清心了。

清平乐

闲聚*

2017.9.22

秋至丁酉，
四顾皆学友。
陋室熏浓清水酒，
把盏行觞聚首。

酒令兴致平添，
微醺恰与言欢。
揖手兄台小妹，
借得浅草陶然。

* 浅草——店名

浣溪沙

校园红船展

2017.9.29

党史悠悠学子研，
展厅画舫荟茗园。
追寻一大忆从前。

烟雨楼边生绿水，
南湖波上荡红船。
初心勿忘代相传。

采桑子

园中秋雨

2017.10.9

才听夜雨屋檐泣，
即晓朦天。
半卷纱帘，
暗忖秋中早露寒。

庭深水洗丁香木，
色老枝间。
瑟瑟池边，
昨日幽街落叶填。

鹧鸪天

重阳前日

2017.10.24

几日无端细雨浓，
秋阴散尽不相同。
风疏雾霭西窗外，
日下残红侧岭中。

飞褐叶，落枯桐，
林荫巷道已枝穷。
池塘倒挂烟浊影，
夜冷霜寒岁岁重。

七绝

党性修养要则

2017.10.28

时时对党要忠诚，
使命崇高待我征。
养性修身常自律，
为民永远是心声。

七绝

路旁*

2017.10.28

秋晚晴光醉晚霞，
悄来色重沁人家。
驻足坐爱枫林下，
霜叶深红不羡花。

* 化用杜牧《山行》

七绝

执笔人*

2017.10.30

赞叹人间万事谋，
汪茫巧渡有方舟。
志同落墨堪精品，
刚劲未失赤子柔。

* 藏头诗

忆江南

同学二首*

2017.11.2

八方聚，
惟愿拓源渠。
示范人师谈世界，
怀诚学子话格局。
抱卷叹时余。

才相见，
无奈但将离。
恨短欢声如夏意，
别长倩影寄秋思。
揖手问归期。

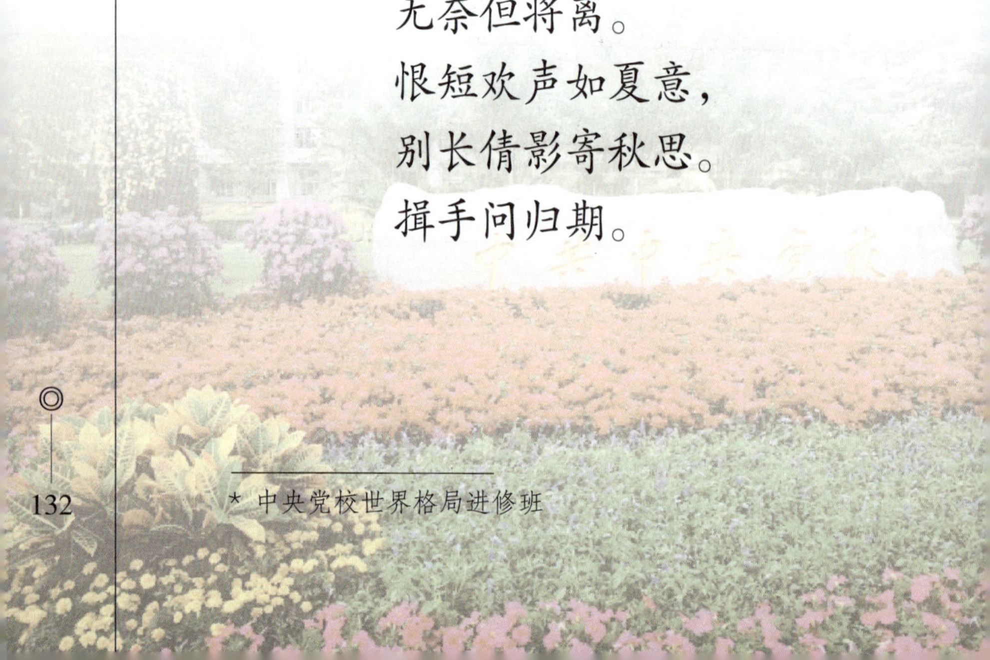

* 中央党校世界格局进修班

鹧鸪天

徒步艰登嵩山气象站*

2017.11.14

秋暮山郭荡紫烟，
艰登太少两峰巅。
孤痕小径顽石乱，
满处高枝落叶残。

横马岭，侧云边，
谁知已逝旧堂颜。
武皇罪己抛金简，
测站豪情敢问天。

* 太少——太室山、少室山

菩萨蛮

嵩阳书院

2017.11.15

嵩阳史迹名书院，
佛来道去丰儒卷。
古朴简幽洁，
书香仍未绝。

颂唐碑刻立，
额篆八分隶。
汉武赐将军，
清皇题对存。

鹧鸪天

借英华《渔歌子》*

2017.11.25

天地情结学子纠，
放言宏论似无愁。
风萧众汉千般意，
桃面双娇万物羞。

人已醉，事方休，
朝来梦醒点清秋。
风轻云淡山光重，
无尽霜天始忘忧。

* 党校毕业九位同学首聚

渔歌子

咸宁

2017.11.30

咸宁盛有每人言，
热炭泥钵地笋鲜。
携冷雨，戏温泉，
门庭踱外桂花园。

渔歌子

咸宁金沙大气本底站

2017.11.30

楠竹野散绿金沙，
细雨无风吊幔纱。
如殿宇，若仙家，
挥别暮霭眺晨霞。

七绝

郑州途中*

2017.12.14

长车卧忍梦飞驰，
未料飞花待客迟。
但喜逢君生瑞雪，
中州恰美落白时。

* 遇初冬雪

卜算子

桥牌*

2017.12.16

周末正佳时，
各路贤达聚。
万类棋牌不善玩，
唯有桥约戏。

南北小台桌，
坐定神闲意。
手握十三弄四方，
让纵擒拿技。

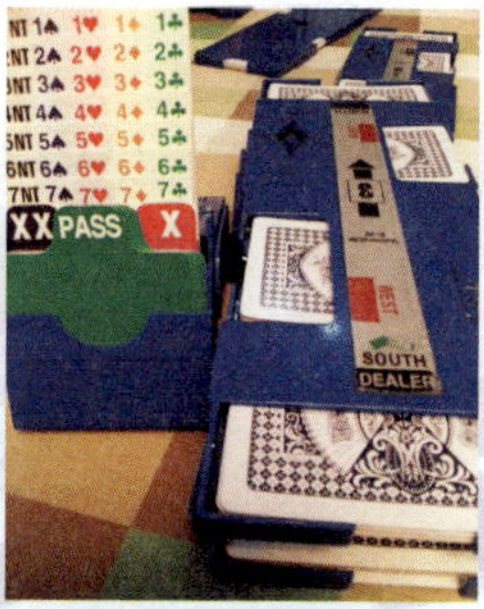

* 桥约——桥牌约定

卜算子

再聚首*

2017.12.19

聚会已难得，
畅饮频颔首。
老友亲朋互道情，
不断醇香有。

岁月不饶人，
靓女娆姿久。
赞叹全无最妙词，
坐等来年酒。

* 时隔一年，原一起工作同事再聚会

采桑子

冬叙

2017.12.19

天光渐褪城辉替，
还见云霞。
骤冷风刷，
万物寒中待肃杀。

明堂不夜金龙厦，
沪上人家。
笑语咿呀，
醉美伊人粉面颊。

江城子

冬至*

2017.12.22

数九冬歌傍灶前，
热汤团，
口微甜。
宝鼎烹烟，
尚绿已茶闲。
亚岁都城仍未雪，
风渐静，
却清寒。

* 四、五句化用曹雪芹“宝鼎茶闲烟尚绿”

副　篇

张新营诗

灯火阑珊夜凤凰，
把盏品茗心已往。
偶遇不寻也有情，
古城梦境惚而恍。

丁酉知时鸟，
砥砺奋进时。
撸袖加油干，
初心永流传。

陈振林诗

谢公小记抒怀，
机场先睹为快。
莫愁小事桩桩，
流芳千秋万代。

梁丰词

忙中暂偷闲，
喜读诗词忘愁烦。
艳羡诗人潇洒游，
漫漫，
南海北疆又一年。

何日也如愿？
抛却案头几多事。
踏歌前行日月边，
翩然，
春风十里不思返。

每次相聚，
总盼望时间停驻。
每次回望，
总感念昔日照顾。
每次对饮，
都可以肆意放纵。
明朝醒来，
仍感觉被关爱的幸福。

王玉彬诗

风寒来袭得感冒，
去病无奈吃苦药。
隔空请假遥祝福，
推杯换盏同欢笑。

美丽澜沧江，
清香古树茶。
落笔赞景迈，
夏日诗韵佳。

屈程媚诗

瑞丽最美的翡翠
她藏在密林的深处
就像是
这片树林的心脏
借着清晨氤氲的雾霭
将绿意漫向林间

一朵花
用摇曳的姿态
告诉我
和顺的风
是多么地柔软

王建捷诗

日出嵩山坳，
人走林间道。
侧岩生谷风，
山雀枝头叫。

王志华诗

遥望少林寺，
湮没尘世间。
人生有禅意，
悠然望天边。

李慧诗

挚友来相聚，
欢笑金龙潭。
忆及当年事，
仿佛是昨天。
酒浓情意重，
举樽至微酣。
分别也依依，
抱拳祝君安。
期待再聚首，
相约在来年。

李英华词

中秋已半，
秋风万里浮云乱。
长空秋雁。
月落松竹艳，
万家团圆，
谁人还想看。
云霄瀚。
茶寒酒冷，
月圆光灿灿。

王彬文诗

学子到京城，
感叹方舟好。
掠燕研书需勤奋，
健体应须早。

唯与同学人，
共忆辉煌道。
书院良辰遇友缘，
必是来时宝。